초밥과 망고 빙수

2023 장애인 창작집 발간지원 사업 선정 작품집

초밥과 망고 빙수

1쇄 발행일 | 2023년 12월 20일

지은이 | 이은영
펴낸이 | 정화숙
펴낸곳 | 개미

출판등록 | 제313 – 2001 – 61호 1992. 2. 18
주소 | (04175) 서울시 마포구 마포대로 12, B-103호(마포동, 한신빌딩)
전화 | (02)704 – 2546
팩스 | (02)714 – 2365
E-mail | lily12140@hanmail.net

ISBN 979 – 11 – 90168 – 77 – 9 03810

값 10,000원

발행기관 | 장애인인식개선오늘 **(042)826-6042**
주최 | 장애인인식개선오늘(고유번호 305-80-25363. 대표 박재홍)
주관 | 대한민국 장애인 창작집필실
심사 | 발간지원 사업 심사위원회
후원 | 대전광역시, 대전문화재단, 갤러리예향좋은친구들, 문학마당, 한국장애인문화네트워크, 드림장애인인권센터, (주)맥키스컴퍼니, (주)삼진정밀

문의 | **(042)826-6042**

초밥과 망고 빙수

이은영 시집

개미

| 발간사 |

2023년 전문예술단체 〈장애인인식개선오늘〉의 일련의 노력인 '장애인창작활동지원사업'의 일환으로 발간되는 '대한민국장애인창작집발간' 사업의 지속성 답보는 지방자치분권시대의 성과라고 사려됩니다. 대전광역시, 대전문화재단 관계자 여러분과 참여한 작가분들 그리고 응원해주시는 시민 여러분들께 진심으로 감사드립니다.

세계의 곳곳마다 지구환경문제, 기후문제, 전쟁문제 등으로 몸살을 앓고 있습니다. 이에 따른 사회적 우울감도 깊어지고 있습니다. 중앙정부나 지방정부는 나라 간의 문제를 비롯해 계층 간의 갈등, 장애와 노인문제와 아동 등 사회적 취약계층을 위한 정책과 제도에 전력을 기울여야 함에도 불구하고 잠재적 보편성을 가지고 접근해야 하는 국가의 신인도와 투명성 제고에 대해 생각조차 하지 않는 건 아닌지 걱정이 앞섭니다.

2023년 〈대한민국장애인창작집필실〉 동인들에게 좋은 소식이 있었습니다. 세종도서문학나눔 1종과 우수출판콘텐츠제작지원 1종이 선정되었습니다. 이는 전국의 작가들과 경쟁하여 얻어낸 성과라는 큰 의미와 대전지역의 장애인문학과 콘텐츠의 위상을 말하고 있음을 알 수 있습니다.

2023년 〈대한민국장애인창작집〉발간지원에 수필 부문 두 분과 시 부문 두 분이 선정되었습니다. 장애인 이해당사자, 장애인 가족, 장애인 관련 직종에 오래 근무중인 분들로 확대 공모를 하였고 우수한 원고들이 출품되어 선정하였습니다. 장애인문학 확산을 위해 잡지를 발행하고 문학을 공연콘텐츠로 제작 보급도 꾸준히 해오고 있습니다. 또, 매년 이러한 사회공헌에 참여하거나 연대한 자원봉사자 참여 작가 공연자들을 발굴하여 국회의원 유공 표창도 하고 있습니다.

전문예술단체 〈장애인인식개선오늘〉은 '사회적 가치 함양', '제도개선', '학술' 등에 관한 포럼도 19년째 개최해 오고 있습니다. 이는 대전광역시 · 대전문화재단의 '장애인창작활동지원사업'의 성과임에 분명하며 타 시도의 롤 모델이기도 합니다.

그동안 중증장애인 발굴작가 140여 명과 창작집 84종(세종도서문학나눔우수도서8종 중소출판콘텐츠제작지원1종 우수출판콘텐츠제작지원1종 등) 84,000권을 배포하였으며 전국 국공립 도서관과 작은 도서관에 배포되어 장애인문학의 창의성, 대중성, 역사성을 바탕으로 장애인문학의 확산과 보급을 이어온 대전광역시 · 대전문화재단을 알리는데 일조하였습니다.

결국 이러한 성과는 지속성을 담보해야만 가능한 일입니다. 대전광역시 · 대전문화재단은 물론이고 사회적 가치를 위한 사회적 합의의 바탕은 시민 여러분입니다. 장애인문화운동이 곧 권익임을 인지해 주시고 응원해 주시길 바라며 참여한 작가들 그리고 함께 수고한 운영진에게도 진심으로 감사드립니다.

2023년 12월
전문예술단체 〈장애인인식개선오늘〉
대표 박재홍

| 시인의 말 |

나의 첫 시집 『초밥과 망고 빙수』를 상재하며 마음을 적자고 했지만 나의 詩「다리 위를 건던 날」로 기쁘고 감사한 마음을 대신합니다.

일 년에 반은 학교를 가지 못했어 마른 몸에 창백한 얼굴
감기는 익숙했지 병원은 내 집처럼 들락거리고 병원을 떠돌
다 효험이 떨어지면 유등교 건너편 골목길에 있는 병원을
다녔던 것 같아 주사 한방 맞고 눈물 찔끔거리면 다리 건너
가기 전 길가에 도넛 가게에서 도넛을 사주시곤 했지 한 손
은 엄마 손을 잡고 다른 손은 도넛을 들고 다리 난간 칸 수
를 헤아리며 한 걸음씩 걷다 보면 전에 아팠던 기억보다 도
넛 냄새에 기분이 좋아졌던 기억이 한차례 쏟아졌던 비가
개이고 은행잎 노랗게 물들어 가던 날 엄마와 유등천을 지
나가는데 엄마는 하염없이 더디고 딸은 전동휠체어를 타고
하천에 놓인 낮은 다리 위를 걷는데 흐르는 물소리에 멈춰

섰지 한참을 서로 자기 생각에 물길만 바라보다 서로 눈을 마주치고 돌아왔었네

— 시 「다리 위를 걷던 날」 전문

2023년 12월
이은영

초밥과 망고 빙수

차례

2부

3부

해설

1부

벚나무

봄빛 가득한 4월 창밖에 하얀 것들이 날아다니는 거야
일행과 잠깐 말을 잊었어

두어 차례 날리는 것을 목격하고서
봄날의 눈꽃 같은데

일주일씩 누워 있었던 나에게
6층 베란다 창까지 올라와
올봄 이렇게 다녀간다고
인사를 하는데

서투른 전동휠체어를 타고
외출을 했지

몇 그루 허리 굵은 벚꽃나무 아래
멈춰 서서 '너였니' 하고
묻고 있었네

뇌병변장애를 갖은 언니

정부청사역에서 '장애인인식개선' 홍보를 하는 동생을 응원해주러 자립생활센터 언니와 함께 만났다 응원하러 왔다는 말에 버둥거리며 끌어안는데 눈물이 핑 돌더라고 말도 그리 힘든데 입안이 다 헐어서 말을 삼키고 말았네 눈길을 열어 듣는데 누가 알겠어 그 지난한 속말을 그렇지

전동휠체어와 수동휠체어

내가 가면 언니도 가고 내가 멈추면 언니도 멈춘다 줄 하나에 의지해 돌아보는 숙명 같은 '장애'를 가진 우리는 플라워랜드를 갔어 오르막 내리막 길이 많은데 전동휠체어 뒤에 수동휠체어를 묶고 다녔지

꽃이 좋아서 향이 다르잖아 튤립도 끝나고 장미도 전이라 마당에 별반 꽃이 없듯이 우리가 갈 만한 곳도 없어서 그것이 '접근성이 취약해 이동권 보장이 필요하다'라는 활동가들 말을 흘리며 카페에 앉아 오곡라떼를 맛있게 먹고 있었어

아이스크림, 블루베리아이스라떼를 건너다 보며 다음에는 꼭 아이스로 먹어야지 결심을 했어

초밥과 망고 빙수

80도 훌쩍 넘은 우리 엄마가 언덕 위 분위기 좋은 초밥집에서 초밥도 사주시고 그 옆 카페에서 망고 빙수를 먹여주는데 '맛나대' 해는 져서 산 아래로 내려가고 부모님은 초밥에 우동 국물을 넘기시는데 아픈 딸 때문에 목이 잠기나 보다 음식값은 다 큰 조카가 내고 일찍 일어서면 서운할까 봐 한참을 그러고 수다를 떨었네 가끔 온기를 느끼고 싶으면 부모님 댁 앞 공원을 돌아보는데 장콜이 더뎌서 조금은 화가 났었네

엄마와 끝말잇기

매일 아침 8시 15분이면 엄마한테 전화를 해 약을 먹었는지 먹었으면 약통을 확인해 달라고 부탁을 하지 그 후로 내 일상이 시작되지만 오후 4시면 주간보호센터에서 돌아오시는 엄마에게 전화를 하지 저녁은 무얼 드실 거냐 가스밸브는 잠겼는지 딸 목소리 듣고 싶으면 언제든 전화하시라 저녁 드실 시간에 전화를 걸어 찬양을 하지 찬양을 하면 인지력에 도움이 된다고 해서 하지만 내가 위로를 받네 가다가 멈추면 가르쳐 드리고 이제는 끝말잇기도 가르쳐 드렸는데 백 원 내기야 봉다리, 개구멍, 멍멍이, 리봉, 비니루 등 한참 하다 보면 엄마가 웃네 엄마가 웃네

영산홍 앞에서

장미는 여전히 예쁘다 동네를 거닐면 담장에 가득한 온통 빨간 장미, 봄 날씨는 늘 추웠다 따뜻했다를 오가고 올해는 꽃들이 한꺼번에 무리 지어 피었네 매번 다니는 산책길이지만 예전과는 다른 것을 보면 기후변화가 심한가 보다 지난해 황홀했던 영산홍이 제 빛을 잃어버린 것 같아 한참을 마주하고 있었네 나처럼 시들어 가는 모습에 마음이 아파 자리를 옮기지 못했네

함께

벌레라면 소스라치는데 개인주택에 살다 아파트로 왔더니 매일 징그럽지 않아 징그럽지 않아 주문을 걸게 된다 주문을 아무리 외워도 실효성이 없다 손이 달달 떨리고 그 후로 과일이나 식재료가 변색되어도 냉장고로 보낸다 활동지원사 선생님이나 내가 아는 이웃은 안쓰러워하며 가지고 온 음식이나 잔여물은 늘 가지고 나간다 우리 가족도 예외는 아니다 이동권의 제약이 가져다준 공동체의 이해라고 나는 말한다

처음 먹어 본 매운 물냉면

조카가 보내준 사진 한 장에 소환된 기억이다 20대 초반 서울에 잠시 살 때였다 신촌에 작은 분식집에서 점심을 먹는데 일행이 냉면을 주문했다 비빔냉면과 물냉면을 주문했는데 둘 다 비빔냉면이다 '저는 물냉면인데' 라고 하자마자 주인아주머니께서 커다란 주전자를 가져와 육수를 붓고 저어 주신다 당혹스러워하며 먹는데 그 무표정한 주인의 표정 대비 맛있다 삶도 이럴 수 있을까?

존재

살이 빠져나가고 근육량이 줄어들자 바닥에 닿는 부위마다 성나거나 티눈이 박혔다 움직일 때마다 심한 통증으로 처방한 약을 먹었지만 배탈이 나고 말았다 주일예배도 화장실 앞에 상을 펴놓고 영상 예배를 드렸지 나의 존재의 미약함을 그가 아시기에 시간이 멈춰 선 그 순간이 행복했다

사랑초

너 무슨 색을 좋아하냐 분홍 왜? 하고 되물은지 얼마 되지 않아 친구가 가져다준 사랑초를 만났다 화분에 예쁘게 들어앉은 사랑초 친구네 집에 그리고 우리집에 분가를 해준 그녀의 마음에 나 화초 못 키워 하고 말하고 말았다 지가 알아서 피고 지가 알아서 지니까 걱정 말란다 꽃말이 나 안 떠날겨 지켜줄거란다 알았어 그럼 그럼 그래서 갖고 온 겨

8개월이 지나 다시 꽃이 핀다

벽걸이 액자

이사야 58장 11절 말씀이 쓰여 있는 큰 액자
이사 선물로 받고 벽에 걸어 놓았더니
9년 만에 오늘 뚝 떨어졌어

오늘 교회 야외 예배라 못 가고
집에서 영상 예배할 때도
점심 먹을 때고 씻고 나와서도
내내 액자 아래 앉아 있었는데

머리 말리려고 방 문턱까지 왔는데
우당탕 소리 나서 뒤돌아보니
액자가 벌러덩 엎어져 누워 있는데
조금만 늦게 움직였어도
활동지원 선생님 왈,
119 부를 뻔한

9년 전부터 쭈욱 우리집 벽에 걸려 있던
이사야 58장 11절

하나님께서 항상 나를 인도하시니라는
말씀이었지

햄버거 이야기

세월이 흐르고 흘러 이야기만 남아도는데 촉촉하게 젖은 추억은 잠시지만 울컥 목이 아프다 늦는 장콜을 기다리는데 늦은 점심을 햄버거를 먹었다

희비가 엇갈리던 유년이 기억, 갑자기 비가 내리거나 우산을 들고나간 언니를 기다리는 날이면 핸드폰 없는 시절에는 몇 대의 버스를 보내고 나서 비 맞고 가야 할 얼굴이었다가 나를 발견하고 우산 안으로 환하게 들어서던 그날, 처음으로 햄버거 먹는다고 말하던 언니 때문에 그 후로 햄버거를 사랑하게 됐다

고등학교쯤이었을 거야 토요일 수업이 끝난 후 버스정류소 옆에 햄버거를 팔고 있는데 허기진 마음에 한 손에 승차권을 들고 호주머니에 전 재산 250원을 찾아 햄버거를 샀는데 쌩하니 부는 바람 승차권을 가져가 버리고 햄버거를 먹으며 한 시간가량을 걸어 집으로 돌아오던 영화 같은 하루

목울대가 잠기도록 새록새록 그리운 유년이 생각나는 오늘

어설픔

10년 전쯤 뇌졸중으로 쓰러졌다가 재활을 하고 있는 친구가 있어 무얼 하나 물어봐도 명이 짧은 사람 숨넘어갈 때쯤 더듬거리며 대답하는데 피나는 재활로 이제는 언어 표현도 많이 늘었지만 아직도 일부 여전하다

복지관에서 후원해 주는 식사를 한 달에 한 번씩 친구에게 갖다주는데, 매달 메뉴가 달라서 그래서 이번 달에는 뭐를 갖다주었는지 물어봤더니 "음… 몰라" 했더니 친구가 "이거저거 섞어서 비비는 거."라고 말하며 "콩나물도 들어 있어"라고 소리쳐 묻길래 "응" 하자 친구가 비로소 "콩나물비빔밥" 하고 환하게 묻길래 "응, 비빔밥"이라고 말했더니 누가 그것을 한 끼로 가져다 줬는지 묻길래 "이거저거 넣은 거 막 섞으면 개밥처럼 되는 거요."라고 말을 해 눈물 나도록 웃은 적이 있다

누구나 생의 한가운데 죽음과 직면해서 헤쳐 나오다 보면 살아있는 그 모습이 얼마나 사랑스러운지 순수하고 가식 없는 그 순간이 얼마나 축복인지 알게 되었다

꽃 위에서 벌어진 일

언니네 마당 루드베키아 꽃 위에 사마귀가 있는 거야

그 꽃 한편, 부전나비 날개 한쪽이 있는 거 있지
사마귀 먹이가 된 거지

사마귀 녀석 아무리 배고파도 밥은 딴 데 가서 먹지
남의 집 마당 몰래 들어와서 이쁜 나비를
잡아먹을 건 뭐래

먹으려면 다 먹고 흔적 남기지 말던가 두어 달 남은 생애
이쁜 꽃 보며 맘껏 날갯짓하게
배고파도 좀 참지

꽃 위에 눈길이 옮겨 다니며 내려놓는 말들이
자꾸 아프다

몹시 아팠던 7월

나에게 7월은 연일 내리붓는 장맛비 같은 속울음이야 닿는 부위 통증으로 그달 초부터 진통제 처방에 의존해 사는데 일주일 뒤에는 휠체어 리프트 쇠판에 손가락이 깔려서 푹 눌렸다가 일어서더니 퉁퉁 붓대 그 주는 소염 진통제와 항생제를 또 먹고 있었지 거기에 덤으로 몸살 감기약과 해열제가 더 얹어졌지

근육병 환자의 통증약에는 근육 이완제가 들어있고 자세 유지가 안 돼서 힘이 빠지고 넘어지게 하고 감기약은 몸에 안 받아 화장실을 들락거리게 만들고 그때마다 처방이 바뀌고 점점 약해지는 면역력 때문에 근육병 초기 나타나는 증상이 밤마다 찾아와 옆에 측은하게 지켜보는 활동지원사 선생님 눈 속에 내 슬픔이 얼비치고 있었어

함께 했던 수년 동안 이번이 제일 힘들어하는 것 같다는 말과 이런 날도 있고 저런 날도 있는 거야 하는데 이미 통점의 기준이 애매하게 느껴지고는 했어 그 후로 며칠 밤을 지새우는데 누룽지 한 숟갈에 그 많은 약을 먹어

야 하는데 눈물이 또르르 굴러떨어지는데

숨을 가누고서 다짐을 했어 '이대로 멈춰 선 것이 아니라 이 또한 지나갈 것이니 감사하다' 라고 믿자

2부

잊지 말아요 엄마

5년 전이었을 거야 토요일이면 딸네 집 들러 한참을 있다 가시고는 했는데 불현듯 어느 날부터 몇 동 몇 호인지 물으시더니 급기야 못 찾겠다는 전화

너희 집 앞인데 어디로 가야 하는지 모르겠다 하시는데 불편한 딸은 가지를 못하고 활동지원사 선생님이 달려나가니 저만치 우산을 펴지도 않고 가시더란다

가족회의 끝에 엄마 생신날 언니랑 조카가 본인 전화번호와 하트 모양의 이쁜 은목걸이를 해드리는데

어느 날 엄마 목걸이 잘하고 계시나라고 묻는 나에게 아마 소중한 거라고 얻다 잘 올려놓으셨을 걸 하고 웃었다 혹시나 하고 전화를 드렸더니 책상 위에 잘 올려놓으셨단다 거기에 내 이름 써놓았더라 하시는데

엄마 그거 안 하면 약효가 떨어진데 이 사람 저 사람해도 효과가 없고 이름 쓰인 사람이 해야 오래 산데 웃음을

참으며

엄마, 은 좋은 것 알지 하자마자 센터에서도 줬어 은목걸이랴 그거는 센터에서 준 것이 아니라 언니와 조카가 준거야

초파리의 탈출

죽을힘을 다해 애쓰는 걸 보니
그냥 바라보게 되네
국물도 없이 맞을 녀석이라도
기회를 주게 돼데

얼마나 더우면 세숫대야 물속에
아주 조그만 초파리가
벌러덩 누워서 바둥대고 있었어

투신했나 하고 들여다보는데
한눈파는 사이 웬걸
물에서 나와 세숫대야 위를
열심히 올라가는 겨
힘겹게 올라가는 것만 봐도
잡을 수가 없더만

그래서 나도 못 갖는 기회를 잡은
초파리가 아직 생사는 확인되지

앓았지만 최선을 다하는 것만
뇌리에 남더만

유성교에서

유성교를 지나는데 문득 유년의 기억이 떠올랐다 동네 한의원은 물론 병원을 떠돌던 것은 근육병인지 몰랐던 오래전 유성에 있는 한의원을 소개받았다 어머니 손에 이끌려 걷는 것도 버거운데 다니는 게 고역이라 야속해 했었다 자식 앞에 억장 무너진 줄 몰랐으니 유성교 다리 위에서 죽고 싶어했던 나에게 너가 죽으면 우리 가족 어떻게 사냐고 묻길래 답을 못하고 삼십 년을 훌쩍 흘러왔다 아직 엄마의 눈물처럼 물길이 여전하다

조카

부모님과 함께 사는데, 가족들이 바쁘게 살다 보면 조카들은 내 몫이었지 토끼와 거북이로 시작해 패러디 동화는 물론 해달라고 해달라고 하는 갈증의 우물이 멈추지 않아서 세계명작동화에서 전래동화에 이르기까지 하염없었네

무엇이든 아이들을 이기면 안된다는 것을 배웠지 달래기가 너무 힘들었었지 허구한 날 놀아달라는 얘기에 귀가 시끄러웠었는데 지금은 어엿하게 자라 장애를 가진 이모를 지켜주기까지 한대

사랑이란 누군가를 지켜주고 기대어 사는 것임을 알기까지 서른 해를 넘을 무렵이었어

어색해도 지금이 기회

애들이 먹으라고 사 왔는데 내가 하나 갖고 왔어요 내 가방 안에 조그만 쿠키 한 봉지를 넣어 주신다 몸이 아프셔서 일도 그만두시고 혼자 생활하시니 여유롭지 않으신데도 뭐든 있으면 나눠 주시는 온기가 있다

18년 전에는 내가 운전해서 차로 모시고 다녔는데 그나마 몸의 기능이 그런대로 움직일 만해서 주변 사람들을 돌아볼 여유가 있었어

사람들 눈에 띄는 화려함 없어도 우직하고 변함없이 늘 그 자리 지키고 계시는 권사님이 도심 인도에 유독 눈에 띄는 민들레 같았다

생의 끝까지

뜻대로 되는 삶이 아니라면 나무에 달려 빛으로 반짝이거나

바닥에 깔려 이리저리 밟히던지

내가 원하는 곳이 아니어도 끝까지 웃고 있을 거야

아름다운 풍경이 되어

외출을 준비하는 분주한 아침 그 와중에 뜬금없는 문자 하나에 마음이 아플 무렵 마음 고쳐먹기까지 오늘을 살며 만나는 이들은 내 하루 내 삶의 풍경이 되고 그들이 살며 만나는 나도 그들의 하루 삶에 풍경이 되겠기에 건강한 풍경이 되고자 조바심 내는 하루

내 마음 같은 친구

뭐 그런 웃기는 짬뽕 같은 게 다 있다냐

몸도 성하지 않은 놈이
내 속상해 죽겠다

제발 사람들한테 신경 좀 그만 쓰고
너나 좀 챙기라고

선물처럼 8년 동안 한결같이 내 편이 되어주었어

점 빼고 오던 날

30대 후반의 불온한 점 하나가 조그맣게 있어주면 좋겠구먼 점점 커지고 까맣게 위로 솟구치며 세력을 확장하는데 인생의 한 미늘 같아서 그것도 마스크 위로 눈썹 사이에 떡하니 허락도 없이 자리를 잡고서 말이지 1년을 참다 병원에 갔더니 뿌리가 깊어 한 번에 안된다네

세상 한방이 없네

삶의 언덕

휠체어는 15° 경사도 어려운데 살다 보면 인생 참 가파를 때 산 하나 넘으면 떡하니 서 있는 산 막막하지만 하루 견디고 이틀 견디면 뭐 표현할 수없이 막막하지만 그래도 내어딛는 순간이 무겁긴 해도 가지는 게 삶이라고 수긍하는 순간 화초도 보이고 주변의 풍경이 살만 해지데

정겨운 동네

2층에 살 때다 사람들이 전봇대 주변에 웅성거리며 서 있었다

구름의 속도와 전봇대 옆 평상의 위치 때문에
착시 현상에 이웃 아주머니 말씀
아이고 하필 전봇대가 우리집으로 넘어진다냐
하는 통에 벌어진 해프닝

시끄러운 소리 때문에 창문 밖을 내다볼 때면
드라마 속 한 장면 같은 일들이
펼쳐진 동네에서

그곳에 살 땐 몰랐는데 사람 냄새 가득한 나름
정겨운 동네였다

괜찮아

을지병원 뒤 식당가와 향촌아파트 가기 전 식당가 사이에 왔다 갔다 하는 비둘기들은 언제 봐도 뚱뚱해 비둘기들이 얼마나 먹었길래 정말 동그랗게 앉아 있는데 저래서 날겠나 싶었다 어제는 다친 줄 알았는데 갑자기 벌떡 일어나 아무렇지 않게 걸어서 간다 식당 앞에서 여유 있게 살피고 논다 순간 실실 웃음이 나왔다 나보다 낫네

차 잘못 타던 날

예배 끝나고 장애인 콜택시를 기다리는데 조금 뒤에 온다는 기사님 연락을 받고 교회 주차장으로 나가니 벌써 와있다 차를 타고 나오는데 저만치 장애인 콜택시가 또 온다 차를 세우고 옮겨 타는데 서로 웃음이 나왔다

설악산도 올라갔던 아이가 몸에 교정기를 착용하고 학교에 나타났을 때처럼 과자 봉지 찾아 꺼내는데 약봉지로 알고 쳐다보던 반 친구들도 생각도 나고 착한 주일이었네

계절의 아름다움을 다시보며

하루 종일 중얼거리게 된다 창을 열고 가만히 있으면 바람에 가을이 묻어 들어온다고 생각하고 등을 돌려 쳐다보는데 선풍기가 돌고 있다 바람의 변화도 양인지 질인지를 가늠하며 계절에 빗대고는 한다

몸의 기능이 떨어지고 계단을 한 시간씩 앉아서 올라다닐 때 힘들어서 '덥다'와 '춥다'를 반복할 때처럼 옷이 두꺼워도 치대어 얇은 옷 입고 다니다 뜨거운 방에 두꺼운 이불 덮고 세 시간은 있어야 풀리던 몸

아파트 입주하던 가을날, 외출하고서 돌아오는 길에 나무 많은 공원 옆을 지나다 가을을 만났네 눈을 떼지 못하고 잊고 살았던 것을 찾은 듯이 신기한 경험을 했지

불편한 몸이 떨어진 가을 낙엽 위에 겨울이 내려앉은 것처럼 서늘했네

소중한 발견

자동차를 운전할 때와 휠체어를 운전할 때가 시야가 다르다 휠체어는 땅을 보게 되고 낮은 자세로 주변에 듬성듬성 피어 있는 꽃들과 눈을 마주칠 수가 있다 삶이 다르니까 아프지 않을 때 친구들이 다 끊겼다 살던 공간을 잃어버린 것처럼 낯설게 들어선 장애의 길이 스물여덟 내가 바라보던 휠체어 탄 이들의 모습이 나라는 것을 알게 되었지 다들 열심히 살기 힘든 조건임에도 최선을 다해서 산다 결국 잃어버린 것도 사람이고 만나는 것도 사람이니 견디는 일상이 다 귀하다

잠시 대화를 나누다

병원 진료를 기다리고 있었다 문득 전동휠체어를 보고 말을 건다 본인 것도 교체를 해야 한다는 말에 근육병까지 설명하게 되었다 체위 변경 안 되는 것, 잠잘 때 호흡기 착용, 장애인 콜택시 잡기 어려워 병원 치료 못 받은 것 10년 만에 일어나 처음 휠체어 타고 활동했던 일상을 들려주었다 같은 병증에 공감대는 핸드폰 번호를 묻길래 가르쳐 주었다 아직 살아있고 살아가고 있다 공유하며 배우고 배우며 견디는 이 길이 끝날 때까지

은행 열매

수많은 이해와 오해로 피융 화살 맞은 듯 할 때가 있지만 나를 이해할 때까지 설명하지 않고 쭉 가기로 했다 서구청 옆을 지나오는데 은행 열매가 떨어져 바닥에 뒹굴고 있었다 남들은 징검다리 밟듯 피해 가는데 나는 으악 은행이다 휠체어 바퀴에 끼면 안되는데 으악으악하며 지나가고 있다 은행은 생긴 대로 순리대로 살고 있지만 속살 먹듯 해달라고 하는 것 같다 은행은 하루 여덟 알 먹는 게 좋다는데 이유는 알고 싶지 않다

오늘을 대하는 마음

새벽예배를 드리신 어머니는 항상 내 방에 들어오셔서 자고 있는 나를 위해 기도를 해 주셨다 그리고 팔베개를 해주시며 날 꼬옥 끌어안고 주무셨다 엄마가 깰까 봐 그대로 있는데 콧바람이 어찌나 세던지 콧바람을 피하려고 이리저리 고개를 돌려보기도 하고 눈을 감고 참기도 했지만 그냥 포기할 수밖에 없었다 조금 있으면 아버지가 방문을 벌컥 열고 묻겠지 아침 안 먹을래?

3부

가족 같은 동생

집을 못 찾아 헤매는 꿈을 꾸었는데 동생 톡이 왔다
나를 위해 기도하는데 감사한 마음이 섬기게 된다
꿈을 주고받는 이웃이 있다는 것 언제든 달려와
주는 씩씩한 동생이 있어 좋다 아무리 좋아도
오빠 생기니까 11월 야외 결혼식을 하고 철새처럼
무리 지어 떠났다 그래도 생각하면 톡이 온다

특별한 선물 같은 시간

장태산 가기로 했는데 지난 수요일 비가 많이 왔다 멀지 않은 장태산이 장애를 갖고부터는 아주 멀다 욕창 때문에 더욱 무서운 원행길 그곳 장애인 시설에서 종이접기 자원봉사를 했었다 생각 없이 다닌 그 길이 어느 날 지적장애를 갖고 계신 한 분이 나를 위해 종이로 상자를 접어 주시는데 와락 눈물이 났네 눈부신 계절 속에는 속 깊게 기다리는 마음이 있나 봐

나아지고 있어 다행이야

치아가 뿌리째 뽑혀서 다시 임플란트 시술을 하고 약
처방도 없이 염증이 올라와 말을 못할 지경이 되었다 주
말을 지내는데 약도 소용없고 전기밥솥도 고장 나고 청
소기는 뚜껑이 부러지고 원 없이 울고 싶었는데 손님이
오셔서 못 울었다 말하고 싶은 이는 엄마인데 정작 절대
말 못하는 대상이 엄마이니 오죽했으면 중보기도를 부탁
했을까 그나마 의사 말대로 나아지고 있어 다행이다

외출하고 싶었던 날

자주 외출할 수 없는 나에게 친구는 꽃이나 풍경 혹은 밤공기를 마시며 산책을 할 때 영상을 보여주고 직접 하천이나 계곡 물소리를 보여주거나 들려준다

나가고 싶은 마음이야말로 담을 수 없고 글로 쓸 수 없지만 좋겠다 부럽다고 답장을 하는 마음에 지금은 하나도 안 좋다 공사 중이라 많이 불편하네

전화를 끊고서 한참 멍하니 허공을 바라보다 피식 웃고 말았다 친구의 민망한 마음이 만져졌다

아버지의 용돈봉투

자립하겠다는 말에 아버지는 반대하셨다 너 혼자 어떻게 살려고 그러느냐라고 했지만 결국 허락을 하셨다 너 때문에 내가 참 답답하다고 하셨고 걱정이 사그라들 즈음에 전화를 해서 아버지 나 혼자서 잘 살지 하니까 그럼 그럼 잘 살고 말고 고맙다 그 후로 아버지는 집에 올 때마다 용돈을 주신다 흰 봉투에 은영딸 사랑해 아빠엄마를 적어 주시는데 하루는 쓰지 않으셔서 왜 안 쓰셨냐고 물었더니 재활용하라고 아무것도 안 적으셨단다 이제는 연세가 많으셔서 손떨림 때문에 식사 때나 글을 쓰실 때 불편한 것을 알고 있다 하루는 아버지 방에 들어갔는데 차곡차곡 쌓인 신문지 위에 그 많은 글씨와 볼펜자국들을 만나게 되었다 은영딸 사랑해 엄마아빠가

내가 갈게

이렇게 저렇게 하라고 무수한 말은 해도 행동해 주는 이가 아무도 없을 때 동생이 내가 갈게한다 그 한마디에 병풍처럼 든든하다 누군가 불가역적인 상황에 처하면 소리 내지 않고 묵묵하게 옆에 같이 힘을 보탤 때 얼마나 아름다운 삶인가 되묻는다

그 사람 그 맘 안다는 것

해금 안 된 모시조개 같다

살아온 경험만큼
이해가 늘어야 하는데
글쎄 쉽지 않네

해금하고 난 모시조개

참고 참은 말들이
생살처럼 드러난
긍정의 역동성

바닷물이 변하면 맛없는 세상이
도래할 것

수정불가

새벽이면 아버지는 화단에 심으신 각종 채소에 물을 주러 올라가신다
새벽 옥상 슬리퍼 소리는 아래층 일어나기 싫은 나의 한숨 소리의 원인

아래층 아저씨가 올라와 형님 아침부터 뭘 그렇게 박으셔라는 말을
아버지는 웃으며 얘기하지만 나는 안다 시끄러워서 올라 가는 것이라고

딸의 투덜대는 소리를 들으신 아버지는 전혀 의향이 없으시다
내려가시며 하시는 말씀
이제 일어나라

그놈의 정이 뭐길래

엄마는 선물 받은 신발을 신고 거실로 오셨다

"신발 어때?"
"이뻐요."
"색깔은 괜찮아?"
"잘 어울려요."
"신발 어때?"
"이뻐요."
"색깔은 괜찮아?"
"잘 어울려요."

흰둥이가 질겅질겅 씹어서
새 구두를 하루도 못 신고
휴지통에 버려야 했지만
엄마는 속상하다는 말
한마디도 안 하셨어
집 나간 흰둥이만 종일
찾으러 다니셨지

〈

그놈의 정이 뭐길래

나비야 날아가

사람들이 오가는 길에
나비 한 마리가
보인다

바닥에 내려앉아 날갯짓을 치더니
사람들의 발길에 치일까봐

조바심을 하는 내 눈길에 급기야
비명을 질렀다

나비 있어요 하는 소리에
가슴이 철렁 내려앉고
사람들은 비껴갔다

살짝 건드려 날려 보내려고 했더니
조금 떨어진 곳에 다시 앉아서
여유를 즐기는 나비

완전한 빛 같은 사랑

부모님 댁 1층에 세 들어 살던 아저씨가 화단을 가꾸셨다
대추나무 한 그루가 들어선 마당에
벽돌로 50cm 정도 단을 쌓아 문이 활짝 열리지 않았다

드나드는 문이 달라 부모님이 몰랐던 거였다
내가 업혀서 2층 올라가기가 어려워지고
아래층을 부모님이 사용하셔서 명절이면
가족들이 1층에서 모이는데

추석 때 가보니 화단이 없어졌다 지팡이 짚고 걸으시는
96세 아버지가 딸 불편할까 봐 얼마나
종종걸음을 치셨을까

하늘에 담겨 있는 것

20대 초였던 것 같다 걷는 것이 버거워질 무렵이었으니까 딸이 난치병이라는 얘기를 들으신 엄마는 다음날부터 새벽 3시 30분이면 나를 깨우셨고 세상에서 고칠 수 없는 병은 없으니 교회를 가서 기도를 하자고 했다

덜컥 걸린 근육병도 힘든데 몸도 맘도 힘든데 잠도 못 자고 어떤 때는 야속해했다 버텨도 소용없고 교회에 마지못해 끌려갔지만 즐거움이 되기까지

삶의 상황은 녹녹치 않지만 새벽하늘이 주는 그 시간만큼 행복했던 것 같아 휠체어에 앉아 병원 입구에서 차를 기다리는데 하늘을 올려다봤어 오래전 집 마당의 평상에 누워 마음 가득 느꼈던 느낌이 더듬어지데

영화

장애인 친구들과의 영화를 본다는 것은 추억을 만드는 것이다 그럴 때마다 하늘은 어김없이 비를 내리고 바람은 적당한 것이 아니라 칼바람을 일으키거나 비만 하늘에 구멍 난 것처럼 내렸다

형편이 빤해 칼국수를 먹으러 가면 엘리베이터가 점검 중이거나 통로가 좁아서 결국 건물 밖으로 다시 내몰리고 찻길 건너편 식당에 우산도 없이 비를 맞고 들어서던 불굴의 여인들이 친구들이다

헤어질 무렵 각기 장애인 콜택시를 불러 집 앞에 도착하면 언제 그랬나 싶을 정도로 비가 갰다 이제는 영화 보면 비 오니까 서점 가자고 의견을 내어놓았다

친구들과 서점에서 산 책은 똑같은 책이 엄청 많지만 우리에게는 평범한 책이 아니라 특별한 책이 되고는 했다

행동하는 사람들

끝이 원하는 대로 되지 않아도 경험이라는 것은 소중하다는 것을 알게 되었다 '장애인과 비장애인이 함께하는 서예전'이었는데 울렁이는 파도 같은 감동이 몰려왔어 행사에 초대받아 오신 분이 세상에서 제가 가장 실패를 많이 해본 사람 중 하나라고 생각합니다 마음으로 갖고 있는 것은 아무것도 아니었으나 실패해도 행동으로 실천할 때 무언가 이룰 수 있었습니다 해낸다는 것 그것 참

소리로 듣는 운동회

우리집 앞 초등학교에 운동하는 스피커 소리가 들리고 오늘따라 햇살은 어데 가고 기온이 한 자릿수로 뚝 떨어지고 추운데 비도 한차례 지나간다 날씨가 이래서 되나 라고 생각하는데 2시에 시작한 운동회가 밤 8시까지 한다 거기에 노래자랑을 하는지 10월에 마지막 밤을 부르고 있다 아버지 생신날이 떠올랐다 산속에 있는 노래방 기기에 맞춰 한 사람씩 돌아가며 부르는데 삼촌 한 분이 하염없네 다른 삼촌 한 분이 저 양반 두꺼비집 내려서 꺼져야 멈춰 하신다 주변에 환경이 북적거리는 것이 좋게 들리기도 하고 나쁘게 들리기도 하는데 오늘은 정겹네 운동회라 그런가

돌 줍는 아저씨

아는 언니 만나는데 아저씨도 나오셔서 돌을 줍고 다니신다고 짜증이다 영상도 보여주는데 집안에 선반이 모자랄 정도인가 보다 궁금해서 물어보기를 아저씨 처음에 왜 돌을 줍기 시작했어요 어디를 가는데 아주 울퉁불퉁하고 못생긴 돌이 있는 거야. 그래서 내가 그랬어 너는 왜 다른 돌처럼 동그랗고 예쁘게 생기지 그렇게 울퉁불퉁하고 못생겨서 내 눈에 보이는 거니 그리고 집에 갖고 와서 수세미로 박박 닦았어 그래도 새까맣대 그 후로 눈에 들어오는 돌을 줍기 시작했어 많은 돌 중에 얘들은 왜 내 눈에 띌까 하고 아저씨 얘기를 듣는데 마음이 아리더라고 성실한 사람이 사기를 당해 빚을 옴팡지게 쓰고 어렵게 살고 있는데 신경을 얼마 썼으면 아직 젊은데 치매에 가까운 인지 저하라네 내 마음도 내려앉는데 곱다 언니 마음이 그제서야 생각나네

다리 위를 걷던 날

일 년에 반은 학교를 가지 못했어 마른 몸에 창백한 얼굴 감기는 익숙했지 병원은 내 집처럼 들락거리고 병원을 떠돌다 효험이 떨어지면 유등교 건너편 골목길에 있는 병원을 다녔던 것 같아 주사 한방 맞고 눈물 찔끔거리면 다리 건너가기 전 길가에 도넛 가게에서 도넛을 사주시곤 했지 한 손은 엄마 손을 잡고 다른 손은 도넛을 들고 다리 난간 칸 수를 헤아리며 한 걸음씩 걷다 보면 좀 전에 아팠던 기억보다 도넛 냄새에 기분이 좋아졌던 기억이 한차례 쏟아졌던 비가 개고 은행잎 노랗게 물들어가던 날 엄마와 유등천을 지나가는데 엄마는 하염없이 더디고 딸은 전동휠체어를 타고 하천에 놓인 낮은 다리 위를 걷는데 흐르는 물소리에 멈춰 섰지 한참을 서로 자기 생각에 물길만 바라보다 서로 눈을 마주치고 돌아왔었네

어떻게 보든 나야

살다 보면 이런 일 저런 일 겪겠지만 그중에 제일 힘든 것이 '오해'

근육병은 표정이 안 돼서 간간이 오해를 받아

참, 코로나 덕분에 그런 일이 없었네 그러려니 하고 말면 그뿐

그렇게 견디며 지나가는 하루 '감사해'

| 해설 |

소수문학의 결핍과 회복의 詩學

— 이은영 시집 『초밥과 망고 빙수』

박재홍 | 시인 · 문학마당 발행인 겸 주간

1. 소수문학의 결핍에 관한 배경

경제적 불평등의 범주를 벗어난 정치적 사회적 불평등에 관한 일련의 인과관계는 민주주의 불평등에 이르게 되었다. 이는 자치분권시대에 저소득층과 장애인 소수자들에 대한 정책이 매우 미온적이란 사실이다. 이러한 점에서 대전광역시와 대전문화재단의 후원으로 〈장애인창작활동지원사업〉은 유의미하다. 특히 전문예술단체 「장애인인식개선오늘」이 주최 · 주관하는 「대한민국장애인창작집발간사업」의 성과는 타시도의 모범이 되기에 부족함이 없다.

이번 선정작품집의 하나로 이은영 시집「초밥과 망고

빙수」는 소수문학에 속하는 장애인문학, 여성문학을 소수자 범주에 두고 살펴볼 때 상당한 설득력이 있어보인다. 경제적 불평등으로 잃는 것은 정치적 목소리 뿐만 아니라 사회적 존재감마져 잃는 다는 게 보편적 통설이다. 바우만이 말하는 새로운 빈곤에서 적나라하게 빈자들이 어떻게 사회적으로 소외되는지 적나라하게 보여준다.

사회적 자원이 복지의 해체 속에 국가의 보호가 없이 존재할 수 없는 상태로까지 이르는 것 노동을 하고 싶어도 윤리가 미치는 곳이 아니면 그에 따르는 윤리가 미치지 못하는 자들로 그려내며 사회의 시선외적으로 둘려고 하는 의식들이 개선되지 않는다. 이는 국가와 사회구성원이 해야 할 보호의 의무로부터 탈피하려는 의식적 배제와 타자의 시선이 논리의 중심에 선다.

이러한 사회적 논리와 실행 속에 빈부의 격차 문제 구조적 문제 등이 개인적 무능으로 인한 원인이라고 폄훼대는 것이고 가난 구제는 나랏님도 못하는 개인의 책임으로 돌리고 사회적 선한 시민으로 남고저 한다면 아무것도 요구하지 말아야 한다는 당위성을 드리대는 것이다.

장애인문화운동의 이면에 불평등의 연쇄작용은 장애

인의 적극적 구리와 적절한 삶의 최소한의 보호를 국가로부터 받고자 하는 사회적 권리가 시민권의 일부로 보장된 근본적 사회적 함의고 사회적 가치의 내재된 인식 개선의 필요성을 말한다.

2. 이은영 詩에 드러난 시의식의 변화와 역설적 자기성찰

이은영 시인은 근육병 환자다. 선천적이기보다는 발병이 늦은 중도장애 환자라고 할 수 있다. 작품에서 간간이 보듯이 부모님의 사랑과 형제간의 우애가 깊고 기독교적 윤리관이나 양심과 명령에 순종해서 사는 밝은 사람이다.

이는 일상의 가치를 소중한 삶의 미덕으로 삼고 그것에 최선을 다해 지키려는 노력으로 모든 모략과 오해와 압력 사회구성원으로서 참여하고자 하는 시인 자신의 작품에서도 객관적 시선을 유지하기 위해 노력하고 있다.

80도 훌쩍 넘은 우리 엄마가 언덕 위 분위기 좋은 초밥집에서 초밥도 사주시고 그 옆 카페에서 망고 빙수를 먹여주는데 '맛나대' 해는 져서 산 아래로 내려가고 부모님은 초밥에 우동 국물을 넘기시는데 아픈 딸 때문에 목이 잠기나 보다 음식값은 다 큰 조카가 내고 일찍 일어서면 서운할까 봐 한참을 그러고 수다를 떨었네 가끔 온기를 느끼고 싶으면 부모님 댁 앞 공원을 돌아보는데 장콜이 더뎌서 조금은 화가 났었네

— 시 「초밥과 망고 빙수」 전문

앞의 시는 여든을 넘긴 어머니와 근육병 환자인 딸과 식구들의 저녁 풍경을 담고 있다. 서른을 넘긴 딸에게 초밥과 망고 빙수를 먹여주는 엄마 그리고 형제와 조카들의 모습 속에서 영화 속의 孤高하게 이별을 앞둔 라스트신의 한 장면 같이 여운을 주는 시다. 시에서 시인의 기독교적 성향에서 드러나는 영성이라는 것은 자기 초월이나 자기 포기를 위한 인간적인 열망이라고 보기에는 지엽적이다.

조카가 보내준 사진 한 장에 소환된 기억이다 20대 초반 서울에 잠시 살 때였다 신촌에 작은 분식집에서 점심을 먹는데 일행이 냉면을 주문했다 비빔냉면과 물냉면을 주문했는데 둘 다 비빔냉면이다 '저는 물냉면인데' 라고 하자마자 주인아주머니께서 커다란 주전자를 가져와 육수를 붓고 저어 주신다 당혹스러워하며 먹는데 그 무표정한 주인의 표정 대비 맛있다 삶도 이럴 수 있을까?

— 시 「처음 먹어 본 매운 물냉면」 전문

장애인 특히 뇌병변이나 근육병 환자들을 외양성에서 오는 낯선 모습들이 있는데 이유없이 불친절한 모습 속에서 일상이 무표정하게 보이지만 내부를 더듬다 보면 통점이 일치되는 것이 느껴질 때가 있다.

> 5년 전이었을 거야 토요일이면 딸네 집 들러 한참을 있다 가시고는 했는데 불현듯 어느 날부터 몇 동 몇 호인지 물으시더니 급기야 못 찾겠다는 전화
>
> 너희 집 앞인데 어디로 가야 하는지 모르겠다 하시는데 불편한 딸은 가지를 못하고 활동지원사 선생님이 달려나가니 저만치 우산을 펴지도 않고 가시더란다
>
> 가족회의 끝에 엄마 생신날 언니랑 조카가 본인 전화번호와 하트 모양의 이쁜 은목걸이를 해드리는데(중략)
>
> — 시 「잊지 말아요 엄마」 부분

엄마의 절박한 마음이 기독교적 가풍을 만들었고 병마와 싸우기보다는 친해지길 노력한 시인은 신앙으로 얻은 영성과 삶과 문학에 대한 깊은 위로를 통해 이상적 좌표의 문학적 방향성을 잡았고 수용된 시의식 형성과 일상의 변화에 지대한 영향을 끼치고 있음을 시의 비늘마다 서늘하게 번득인다.

신앙의식과 삶의 일치가 목표가 되었을 때를 생각해 보면 감정의 배설이나 정서적 유희에 그치는 기성의 많은 문단이나 시단에 맑은 기운을 전하고 있음을 생각하게 된다. 그는 이처럼 나름대로 세운 삶의 방향성을 지키며 견고한 자신의 세계를 구축하고 있다. 이는 불완전한 자신의 삶과 문학적 태도에 대한 시의식의 기질이기도 하다.

죽을힘을 다해 애쓰는 걸 보니
그냥 바라보게 되네
국물도 없이 맞을 녀석이라도
기회를 주게 돼데

얼마나 더우면 세숫대야 물속에
아주 조그만 초파리가
벌러덩 누워서 바둥대고 있었어

투신했나 하고 들여다보는데
한눈파는 사이 웬걸
물에서 나와 세숫대야 위를
열심히 올라가는 겨
힘겹게 올라가는 것만 봐도
잡을 수가 없더만

그래서 나도 못 갖는 기회를 잡은
초파리가 아직 생사는 확인되지
않았지만 최선을 다하는 것만
뇌리에 남더만
— 시 「초파리의 탈출」 전문

어떤 시든 독자의 경험에 자극하는 서정과 운율이 문인화 한 폭의 여백처럼 읽는 이로 하여금 새로운 공감대를 형성하는 것이 시의 치유적 기능이라면 앞에 시는 시사한 바가 크다고 하겠다. 스스로의 현실에 대한 어두움을 반추하며 사물을 바라보는데 움직이기 쉽지 않는 이동권 제약을 받는 근육병 환자라면 초파리 한 마리를 스스로에 대한 반추를 통해 빚어내는 성과는 사유 자체가 초월적이고 타협하지 않는 수직적 사유체계를 동반하고 있는 것이다. 이는 시인의 첫 시집에서 보여주는 시의 사상성이라고도 할 수 있을 것이다.

외출을 준비하는 분주한 아침 그 와중에 뜬금없는 문자 하나에 마음이 아플 무렵 마음 고쳐먹기까지 오늘을 살며 만나는 이들은 내 하루 내 삶의 풍경이 되고 그들이 살며 만나는 나도 그들의 하루 삶에 풍경이 되겠기에 건강한 풍경이 되고자 조바심 내는 하루
— 시 「아름다운 풍경이 되어」 전문

시인의 시의식이 결코 기질에서 발생하는 것이 아니라 스스로의 윤리성이 훼손되었다거나 인식자체가 허락하지 않을 때 스스로의 각성을 동반한다는 것이다. 김현승 시풍에서 드러나는 '청교도적 영성'의 발생론적으로 살펴 보면 16세기 타락한 영국 사회를 '정화시키기 위한 성경적 원리처럼 그의 시풍이 사상성을 동반한 운동성을 가질 수 있다는 것을 짐작해 볼 수 있다. 그러기 위해서는 부단한 노력이 수반되어야 할 것이다.

30대 후반의 불온한 점 하나가 조그맣게 있어주면 좋겠구면 점점 커지고 까맣게 위로 솟구치며 세력을 확장하는데 인생의 한 미늘 같아서 그것도 마스크 위로 눈썹 사이에 떡하니 허락도 없이 자리를 잡고서 말이지 1년을 참다 병원에 갔더니 뿌리가 깊어 한 번에 안된다네

세상 한방이 없네
— 시 「점 빼고 오던 날」 전문

휠체어는 15° 경사도 어려운데 살다 보면 인생 참 가파를 때 산 하나 넘으면 떡하니 서 있는 산 막막하지만 하루 견디고 이틀 견디면 뭐 표현할 수없이 막막하지만 그래도 내어딛는 순간이 무겁긴 해도 가지는 게 삶이라고 수긍하는 순간 화초도 보이고 주변의 풍경이 살만 해지데

— 시 「삶의 언덕」 전문

자립하겠다는 말에 아버지는 반대하셨다 너 혼자 어떻게 살려고 그러느냐라고 했지만 결국 허락을 하셨다 너 때문에 내가 참 답답하다고 하셨고 걱정이 사그라들 즈음에 전화를 해서 아버지 나 혼자서 잘 살지 하니까 그럼 그럼 잘 살고 말고 고맙다 그 후로 아버지는 집에 올 때마다 용돈을 주신다 흰 봉투에 은영딸 사랑해 아빠 엄마를 적어 주시는데 하루는 쓰지 않으셔서 왜 안 쓰셨냐고 물었더니 재활용하라고 아무것도 안 적으셨단다 이제는 연세가 많으셔서 손떨림 때문에 식사 때나 글을 쓰실 때 불편한 것을 알고 있다 하루는 아버지 방에 들어갔는데 차곡차곡 쌓인 신문지 위에 그 많은 글씨와 볼펜자국들을 만나게 되었다 은영딸 사랑해 엄마 아빠가

— 시 「아버지의 용돈봉투」 전문

이은영 시인 스스로가 밝히고 있듯이 스스로의 일상은 끊임없는 투쟁의 여정이다. 자신을 지켜주시던 치매를 앓고 있는 엄마와 96세의 아버지를 매일 체크하는 근육병을 앓고 있는 현실은 시에서 지배적 상상력으로 작동되고 있다. 이는 신앙으로 스스로 감싸지 않으면 안되는 것이고 비극적 감정과 다가올 상실감에 대한 두려움과 공포 그리고 일상의 고독이 시를 통해 자기 정화와 자기

치유의 과정의 저항성을 알기까지 얼마나 많은 상처받은 내면을 스스로 다독이며 치유하고 영성으로 승화하기 위한 내려놓음을 알 것 같다.

3. 기독교적 상생과 조화의 저항적 詩心

이은영 시인의 시집 『초밥과 망고 빙수』에서 빚어지는 기도교적 상생과 조화의 저항정신은 신앙과 이성적 서사에 대한 이해가 균형적이라는 점이다. 원죄의식이나 반성 혹은 참회 또는 정서나 의지 순수와 공의에 대한 관심보다는 일상의 소소함이나 가족 간의 단란한 소시민적 관계성에 무게 중심을 두고 서사를 위트있게 전개한다는 점이다.

또, 연륜이 깊어질수록 신앙에 대한 회의적인 혹은 천국에서 지상으로 사회의 부조리에 대한 현실적 방기된 인간의 존엄성에 대한 위기의식이 깊어질 것이기도 한데 시인은 그보다 더 깊이 있는 금욕적인 시적 서사를 드러낸다.

살다 보면 이런 일 저런 일 겪겠지만 그중에 제일 힘든 것이 '오해'

근육병은 표정이 안 돼서 간간이 오해를 받아

참, 코로나 덕분에 그런 일이 없었네 그러려니 하고 말면
그뿐
그렇게 견디며 지나가는 하루 '감사해'
— 시 「어떻게 보든 나야」 전문

담담하게 '오해'의 근저에는 신뢰가 있고 상황에 대한 이해가 부족하여 오해의 발생이 있다는 전제에 그렇지만 오늘을 감사하는 신앙인으로 혹은 소시민으로서의 사회 구성원에 대한 대한 이해를 견지하고 있다는 점이다. 왜냐하면 '동성상응' 하는 사랑은 이타를 전제로 타자의 시선으로 스스로를 사랑하는 방법을 배우기 때문이다.

이은영의 시를 통해 우리는 천국에서 지상으로 하강한 절대적 존재의 갈등보다는 스스로의 삶에 소요유하며 지근거리에 인연에 대한 깊은 사랑과 이해를 답보로 하는 절대적 존재의 피택에 대한 확신에 찬 삶을 살며 시의식 중심에 견고한 외로움이 자리하고 있다는 것이다.

전쟁의 참화와 기후의 위기 생태와 환경에 대한 전지구적 문제점이 야기되고 전개되는 이 시점에서 내몰리는 깊은 존재에 대한 회의 두렵고 떨리는 인간의 나약함과 사회구조적 위기에 대한 임재한 현실에 대한 저항성은 무구의 깊은 서정에서 비롯됨을 알게 되었다.

시인의 시에서 일상의 상황에서 깊게 배인 우수와 순수성 그리고 참여적 운동성을 가지고 있는 마음이지만 제한된 일상으로 인해 순간순간과 미적 거리감의 불가원 불가근 사이에서 당대의 시인들과 그 궤적을 달리하고 실존적 윤리와 책임의식에 대한 주도적 삶과 작품활동이 좀 더 구체적 운동성을 갖기를 바란다. 또, 시집 『초밥과 망고 빙수』를 통해 결국 시의 치유적 기능과 저항성은 2023년 한국 사회에서 장애인은 어떤 모습으로 그려지고 있으며 이은영 시인의 시적 궤적에 대한 지향점을 바라볼 수 있는 좋은 계기가 되었다.